KB049950

마치 살아 있는 것처럼 웃었다

시작시인선 0437 마치 살아 있는 것처럼 웃었다

1판 1쇄 펴낸날 2022년 9월 26일
지은이 정동수
펴낸이 이재무
기획위원 김춘식, 유성호, 이형권, 임지연, 홍용희
책임편집 박찬세
편집디자인 민성돈
펴낸곳 (주)천년의시작
등록번호 제301-2012-033호
등록일자 2006년 1월 10일
주소 (03132) 서울시 종로구 삼일대로32길 36 운현신화타워 502호
전화 02-723-8668
팩스 02-723-8630
블로그 blog.naver.com/poemsijak
이메일 poemsijak@hanmail.net

ⓒ정동수, 2022, printed in Seoul, Korea

ISBN 978-89-6021-656-3 04810
      978-89-6021-069-1 04810(세트)

값 10,000원

마치 살아 있는 것처럼 웃었다

정동수

천년의
시 작

버리는 일로 나는 시작된다
태어나 처음 한 일도 울음을 버리는 일이었다

어떤 일은 절로 버려졌고
어떤 일은 의식적으로 버렸다

생강꽃이 피어나고
마지막 한 송이가 지기까지 버리지 못한 흔적들
닭은 새벽마다 목청을 높이지만
그럴 수 없다는 내 목청이 더 높을 때가 많다

생강나무가 결국 꽃을 떨구듯이
달이 어느 순간 빛을 버리듯이

버려야 하는 것을 그린다

차 례

시인의 말

제1부

숲과 골짜기와 그 너머 있는 ——— 13

리셋 ——— 14

생강꽃 ——— 16

감자밭에 뻐꾸기 ——— 17

덤불 ——— 18

플란타고 ——— 19

하지 ——— 20

독침 ——— 22

꽃 속에 벌 한 마리 고요하다 ——— 23

후평리 1168번지 산벚나무 ——— 24

곤줄박이 ——— 26

제2부

풍토병 ——— 29

그을린 휴식 ——— 30

불면증 ——— 32

난청 지대 ——— 34

장마 ——— 36

난시 ——— 37

신들의 이름을 훔쳤다 ——— 38

정든 거리 ——— 40

백년식당 ——— 42

나는 참 가볍습니다 ——— 43

3월 8일 ——— 44

3월 9일 ——— 46

어떤 사소한 일 ——— 48

바람과 파도와 수평선 ——— 49

제3부

동백꽃이 툭, ──── 53

구름과 바람과 저 새와 당신 ──── 54

그 골짜기의 겨울 ──── 56

슬픔의 소비자 ──── 58

선바위 ──── 60

우리의 사랑은 어디에 피어났습니까 ──── 62

신체의 감정 ──── 64

바람과 나뭇잎과 비둘기 ──── 66

마당의 개와 그리고 달 ──── 67

어느 날 낯선 이름이 택배로 왔다 ──── 68

마치 살아 있는 것처럼 웃었다 ──── 70

헝클어진 머리카락을 쓸어 올리는 순간들 ──── 72

비와 당신과 나의 거리 ──── 74

제4부

우린 흉터가 닮았습니까 ——— 77

따뜻한 등 ——— 78

자작나무 숲 ——— 80

안개의 입술 ——— 81

안개의 슬하 ——— 82

그대의 말을 잘못 심은 것입니까 ——— 84

그리운 방향 ——— 86

강과 숲과 골짜기를 달려온 바람 ——— 87

바닥이라 불리는 수면 ——— 88

불안을 태우다 ——— 89

사물의 표정 ——— 90

자화상 ——— 92

지심도 ——— 93

슬픔의 발원 ——— 94

맑음 ——— 96

해 설

권성훈 새로운 감정의 생산자와 안개의 언어 ——— 97

제1부

숲과 골짜기와 그 너머 있는

내리는 비에 툭툭, 사과의 몸집 불리는 소리 들립니다
말랐던 도랑의 모래 속 때를 기다리던 다슬기 슬쩍
고개 내밀어 봅니다

젖어야 살아 내는 것들이 나쁜인 줄 알았습니다
마당의 먹감 이파리도 활짝 펼쳤습니다

발끝으로 한기 같은
그리움 차오릅니다

숲과 골짜기와 그 너머에도 비는 내리겠지요
툭툭, 그리움 불거지는 소리 들리겠지요

당신은 언제 내릴까요
때를 기다려 고개 내밀 날 또
언제일까요

리셋

여자는 밭에서
꼬리를 감추었다

뒤춤에 호미를 들고 지나는 구부정한 여자를 향해
악다구니를 쓰며 짖던 개는
할 일을 잃어버리고 낮잠을 자는 일이 고작이다

짖어 대는 일을 멈춘다는 것도
꼬리를 감추는 일만큼 쓸쓸한 일

키 낮은 잡풀로 오래 머물렀던 밭은
천이가 시작되었고 그 자리
싸리나무와 붉나무와 억새가 꽃을 피운다

추위 속에서 햇살은 오래 떨다 졌다
여자를 묻고 돌아가는 사람들은
곧 씨앗을 떨구고 사그라들
도꼬마리나 도깨비바늘이거나 광대나물

사람의 그늘에서만 자라는 잡풀들이

천이가 일어나는 땅으로 꼬리를 내리고
돌아가는 중이다

생강꽃

물의 날개를 보았습니다
생강꽃 노란 알처럼 피어난 숲을 향하였습니다
날아오를 마지막 힘을 끌어모으는 중이었습니다

새의 본성으로 날개를 펼쳤다 물의 본성으로 돌아가는 새
저 중심에 뛰어들면
잃어버린 날개를 찾을 것 같았습니다
날아오를 것만 같았습니다

생강꽃으로 당신은 숲에 있습니다
그 향기로 물을 흔들어 놓습니다

겨드랑이가 축축이 젖어 드는 것은
물의 본성일까요
새의 본성일까요

생강꽃이 지기 전
수면을 떠나려는 날개들이
성주호에 퍼덕입니다

감자밭에 뻐꾸기

돌밭에 감자 심은 놈
돌밭에 감자 심은 놈

삼 년 차 농부를 뻐꾸기는 이 가지 저 가지 옮겨 다니며
종일 쪼아 대고 있었다

이웃 마을에서 모셔 온 늙은 일꾼들은
감자알만 한 돌을 호미로 툭툭 두드리며
여기저기서 뻐꾸기처럼 지저귀었다

돌 반 감자 반
감자 반 돌 반

저놈의 뻐꾸기 새끼들,
돌을 집어 들어, 냅다 날린다

저 돌무더기에도
흙의 더운 김 고여 있겠지

한 냄비 푹푹 삶아 보면
그리운 냄새 묻어 나오겠지

덤불

애써 일구었던 밭은 쑥대밭이 되었습니다
코스모스가 피어나고 도깨비바늘이
억새가 날카로운 잎을 다듬어 가는 지난 계절이었습니다

말라 버린 잡초들은 부서지지 않으려 웅크려 떨고
참새 떼는 어디론가 씨앗을 물어 나릅니다

불시착한 땅에서 봄을 맞고
그곳에서 덤불을 일구어 나가겠지요
참새들의 입방아를 들으며 말라 가겠지요

어깨 내어 주는 소리로
서걱거리는 쑥대밭

작은 씨앗에 지문처럼 새겨져 있었을
내력이 피어나

몰아치는 바람을 휘청
막아서는 덤불입니다

플란타고

식물은 이동하기 위하여 씨앗을 발명했다
나는 고여 있는 감정을 흔들어 놓기 위해 신이 발명해 놓은
사랑을 빌려 왔고 이것은 생의 마지막 기도였다

자동차 바퀴였고 고라니 발이었고 물 마시러 들른
참새가 떨어뜨리고 간 깃털
저녁달이 갓 낳은 빛

사랑의 소비자가 아니라
어설픈 감정의 소비자
사랑의 천민

질경이 위로 자동차가 지나가고
씨앗의 즐거운 파문을 지켜본다

이것이 사랑의 본체라면
다시 기도를 시작할 수 있을까

흙탕물이 가라앉을 때 그 말간 웅덩이 비밀을 품듯
얼룩진 발을 씻기듯

하지

땅으로 꺼질 듯 굽은 몸이
밀차를 끌고 더디게 감자밭으로 갑니다

이랑은 벌써 여름 냄새를 맡고
이골이 난 여자는 농기구처럼 나아가고

아흔을 넘긴 나이는 캐지 않은 감자처럼 몸을 시들게 했
을 뿐
농사짓는 기술은 싸리나무처럼 단단합니다

한국전쟁에 남편을 잃고
어느 한 대목도 내려놓을 수 없었던 자식의 무게
햇볕에 그을린 독 오른 감자 눈같이
푸른 독기로 버티는 몸이었지만

지금은 하지

밀차에 넣어 두었던 베지밀 한 개 초코파이 하나로
오후를 버티게 했던, 끈적끈적한
여자의 흔적은 몸 어딘가 눌어붙어 있을까요

>
독 오른 푸른 감자가 이랑에서
하지의 저녁을 맞습니다

독침

쌍살벌 한 마리 막 꽃잎을 떨군 사과 꼭지에 집을 짓고
지킬 것이 많은지 파수병처럼 움직임이 없다
번득이는 저 눈동자로 농약이 뿌려지면
아, 통쾌한 죽음이여

나는 어디에 마음을 슬어 놓고 전전긍긍하는가
체온이 떠나간 지킬 것 없는 빈집을 떠나지 못하는가
페로몬 향이 사라진 말이여
보잘것없는 아픔이여

깜박거림 없는 흑요석 눈빛에
어떤 상으로 맺혔을까 한참 나를 보여 주다
슬그머니 자리를 뜨는데

너에게서 날아갈 거야

너의 그 말이 벌의 독처럼
온몸으로 번진다

꽃 속에 벌 한 마리 고요하다

꽃 소식이 날아오면
벌들은 수십 리를 날아 마중을 나가지요

꽃들은 물결처럼 흐르기도 하고
불꽃처럼 타오르기도 하지요

꽃의 생김생김은 다 달라도
하나하나 뜯어보면 내 이쁜 누이를 닮았지요

그러니 벌이 환장할 수밖에요
꽃 위에서 잠들 수밖에요

사과밭엔 지금
무슨 발전기 돌아가는 소리가 들려요
안간힘을 다 쏟아 내는 거지요

도무지, 계산할 줄 몰라요
집으로 돌아가는 길은 어두워 오는데요

후평리 1168번지 산벚나무

저 나무가 저기 서 있게 된 까닭은 알 길이 없습니다
다만 그 나무 아래에서 발화되는 연애사들이
피어나는 꽃만큼 흐드러지곤 했답니다

그 꽃을 보고 동하지 않는 남녀가 있었다면 청춘이란 게
얼마나 한심하였겠냐고

꽃그늘엔 가지 물 트는 소리 같은 것이 끊이질 않았는데
부끄러운 꽃잎들만 얼굴을 돌리기도 분분히 지기도 했
답니다

그 소문이 멀리 하늘에까지 전해져
별들이 내려오곤 하는데 오기까진 너무 먼 거리여서
빈 가지뿐이었지만 오래도록 가지에 앉아 무슨 분 냄새
같은 것이라도
남아 있을지 몰라 코를 킁킁거리고 있었답니다

지금 그 청춘 남녀들은 봉우리로 누워
두런두런 꽃 시절을 나누겠지만
아직도 봄은 그 가지에 목매어 시들어 가고 있습니다

>
부리가 닳도록 우짖는 저 새는 어제의 새가 아니며
염속산을 넘어온 바람도 어제의 바람이 아니고
그 바람 바람에 흔들리며 피던 사람들도 어제의 사람이 아닌
사람들

새가 우니 봄도 아픈 줄 알았지만
꽃이 지고 우리가 지는 줄은 모르고 있었습니다

곤줄박이

사과밭 창고 한구석에 알을 품고 있다
전지가위 가지러 들어서면 비켜 나오고
내가 나오면 곤줄박이 들어간다

들어가면 나오고
나오면 들어가고

이 어색함 낯설지가 않다
저 뽀로통한 입, 쌀쌀맞게 휑하니 나가
이 가지 저 가지로 옮겨 다니며
멀리서 슬쩍 보는 매운 눈매

엉거주춤 자리를 떠나야 끝이 날 실랑이
돌아서는 등 뒤에서
저 집구석

귀에 익은
자글자글 알 굴리는 소리

제2부

풍토병

도라지꽃 반 스물에 열아홉은 풍토병에 시달리다 적응
해 간다
선생님을 엄마라 부른 것은 가볍고 귀여운 증상이다

낮잠을 자는 동안
옹알이하듯 달싹이는 아이의 입술은
도라지 꽃망울처럼 예뻤다, 꼭 도라지 꽃밭 같다
그래서 반 이름이 도라지꽃인지도 모른다

두 빛깔의 도라지꽃이 피어 있는 이것은 분명
도라지꽃 반의 특색이다

아이들에게 두 개의 모국어를 안겨 준 사람들은
가천에서 사과 농사를 하거나 상추 농사를 하고 있다

늦은 저녁 시간을 토닥이는
엄마의 말은 또 낯설다

아이들의 혼란은 고스란히 유전적인 것은 아니다
두 개의 모국어를 배우는 동안 잠시 앓는 풍토병이었다

그을린 휴식

검게 그을린 웃음이었다
1월 8일 자 신문에 실린 소방복 입은 마지막 웃는 모습

웃음은 곧 불길 속으로 들어갈 사람들이 남겨 두는
상형문자 같았다

나는 앞으로 불을
불꽃이라 부르기로 한다

운명은
끼니로 때우는 팥빵 위에도 앉아 있고 벌컥벌컥 들이켜던
바나나 맛 단지 우유 속에도 찾아와 있다

길을 가다 갑자기 소나기를 만나는 순간
체념이 가져다주는 감정적 평온
빗물이 속살로 흘러내릴 때
그 희열

발톱이나 머리카락은 몸에서 떨어져 나간 순간
아무것도 아닌 것이 된다, 그러니

죽음이여 몸에 꼭 붙어 있어 두려움이 되길

불이 운명이라면
꽃으로 기다리겠으니

불면증

밤의 대합실, 잠의 종착역은 어디일까요
종착역까지 무사히 가는 티켓은 어디서 구해야 할까요

잠을 놓치면 찾는 사람이 있어요
그 사람을 불러 놓고 어떤 때는 실랑이를 벌이기도 해요
이유가 밤에 피는 꽃 때문일 때가 종종 있지요
그럴 때는 쉽게 화해도 해요

꽃의 의미를 정리하는 일은 단춧구멍처럼 간단하니까요
바늘만 끼우면 되니까요

실랑이를 벌이는 일이 머쓱해질 즈음
마지막 잠이 도착하지요
그 사람을 떼어 놓고 가는 것이 섭섭하지만
곧 다시 만나게 되지요

사실 선택의 여지가 없어요
무임승차하는 것을 들키고 말지요
쫓겨나기 일쑤지요

\>

그것을 악몽이라 불러요

세상 모든 꽃이 동이 나면
악몽도 동이 날까요

난청 지대

신의 음성이 끊어진 골짜기
선명한 어둠이 계시처럼 내리고 있다

오랜 시대 써 내려온 인간의 전쟁사는
어느 때 끝맺을 것인지 노동을 전쟁처럼 하는 사람들
생활을 전쟁처럼 하는 사람들 동토를 둘러보고 있는
등 뒤 아물지 않은 총상에서 화약 냄새가 새 나온다

피를 기억하는 꽃들을 먹고
전장의 시간은 흐르고 있다

적의敵意와 적의敵意가 부딪치고 있는
바람과 바람 사이 북방 한계선
새 한 마리 앉을 수 없는
날카로운 슬픔

이 난청의 산하에 언제 신의 음성은 들려올까
어느 날 총부리에 들꽃을 꽂고 전쟁의 핏빛 질감을
떨쳐 버릴 수 있을까

\>

태평양 너머에서 들려오는 요설이

총구처럼 섬찟한

오늘,

장마

개의 식욕 같은 빗줄기가 빠르게 공중을 삼키고 있어
어제도 내렸고 만세 전에도 내렸던 비
어제도 투명했고 만세 후에도 투명할 그 비

수천 가닥으로 눈앞을 가리지만
마당에 엎드려 젖는 개가 보이고 머리가 젖고
어깨가 젖어 밭에서 돌아오는 엄마도 보여

엄마가 빗물로 흘러가 버리면 이 여름은 끝나겠지
마당에 엎드린 개가 고인 빗물로 보여

몇 번을 젖어야
여름은 끝날까

다행히 지난 장마의 기억은 없어
누군가의 여름이 시작되었다는 것뿐

내가 비로 내렸으면 좋겠어
가볍게 지나가는 여름비

난시

길은 굴절을 쓰고 있다

굴절을 배우고 익히기 위해 생의 대부분을 길에서 탕진했다

그러나 길은 침묵 부호였다

전봇대에 광고지가 이정표처럼 붙어 있었고

전화번호를 찢어 주머니에 넣었다

내일은 행복, 오늘은 항복

생각이 굴절되자 초점이 잡힌다

사람들에게 굴절을 가르친 것은 바람이었다

길은 바람을 베낀 것이다

바람이 앓던 굴절이상이 나타나자 교정하기도 했다

당신을 마주할 때면 굴절이상을 겪는다

몇 개의 상이 맺혀 혼란스러울 때가 많다

정확한 초점을 맞추기 위해 눈을 찡그렸다

미간에 협곡이 생겨났고 나는 그것을 오해라 이름 지었다

길을 나서는 것은 오래된 습관

굴절이 사라진

어둠이 감춘 길을 찾는 재미가 쏠쏠했다

걸어온 길을 지워 버려

때로 절벽에 서 있기도 했지만

절벽도 길이었다

신들의 이름을 훔쳤다

불을 얻은 사람들은 신을 잊은 지 오래되었다
객담을 나누던 신들의 누각이 무너지고
사람들은 하늘과 땅 사이 접속사를 읽어 내지 못하였다

"내가 너희에게 무엇을 주랴" 신들이 물었다
"당신의 이름을 주시오" 사람들의 외침에 신들은
신의 자리에서 마침내 풀려났다

새로운 계시를 연구하는 신들과
파업 중인 신들과 신들의 신이 되려는 신들과
골방에서 우울증을 앓는 신들과
폭풍 성장하려 발버둥 치는 신들과

소낙비처럼 쏟아지는
은총 넘치는 세상에 살게 되었지만
늙은 고욤나무에 꽃이 피고 엉겅퀴가 가시를 내며
개구리가 얼음장 밑에서 낮잠을 자는
옛 계시들만 무성할 뿐
새로운 계시는 아직 발명되지 않고 있다

>
신들을 예배할 새 사람이 출현하기엔 황폐해 버린 에덴
뱀이 금단의 열매를 따 먹고 있다

정든 거리

자주 싸우면 정든다는데
네, 맞습니다
정들기 위해 싸웁니다

젖 먹던 힘까지 다해 싸우다 보면
정에 만취되어 비틀거리다 오뚜기처럼 일어서 다시 싸
웁니다

저 거리도 싸우다 싸우다
정든 거리입니다

싸움에서 지고 주저앉아 울던 거리입니다
울다 일어서 걸어가던 거리이기도 합니다

누가 어깨를 툭, 치고 지나가면 예, 예, 굽신거리던 거리
굽신거리다 침 뱉던 정든 거리입니다

이제 막 거리에서 돌아온 당신을 다시 거리로 내모는군요
반성하겠습니다

>
우리가 정들었던 것을
뉘우치겠습니다

백년식당

날개를 접고
평안히 꿈꿀 수 있는 꽃을 찾는다

나비의 무게를 재지 않으며
나비의 발톱에 살점을 내어 주면서도 통점을 꽃술에 숨긴
향기로 진동하는 꽃

백 년을 기다리면
그 꽃 피어날까

백년식당에 앉아 꽃에 내려앉는 상상을 해 볼 때

해묵은 미소를 띤 그녀
꽃보다는 밥이라는 듯 차린 밥상

꽃이 한 상이었다

나는 참 가볍습니다

마당 모퉁이 버려둔 저울에 눈이 내립니다
마른 들풀이 휘어지고 솔가지도 개의 꼬리도
날아가는 참새의 날개도 기우뚱합니다

저마다 무게로
기우뚱하는 저녁입니다

눈은 푹푹 쌓이기만 하는데
저울은 추를 내려놓은 지 이미 오래,

내 속에도 추를 잊은 저울 하나

달빛과 별빛과 낙엽 한 장 내려앉습니다
꿈적도 하지 않던 바늘이 한 겹 내 마음 닿자

바람 앞 바람개비처럼 돌다 이내
딴청 부리는 저울이었습니다

3월 8일

저녁의 스위치를 내리고 반죽을 해요
뱉지 못한 말들과 뱉어 버린 말들과
표정이 굳어 버린 억새의 서걱거림과 억새에 갇혀 조잘대
는 작은 새들과
새들의 피곤한 날개를 섞어요

잘 익은 시간이 풍미 가득한 죽음으로 구워지도록
당신의 저녁 식탁에 붉은 장미 한 송이 놓아 드리고 싶어요

목구멍이 미어지도록
빵을 위해 빵을 먹어요
장미를 위해 구워진 빵은 없어요
장미를 팔아 빵을 사요

룰렛이 돌아가듯 예측 불가능한 시간을 위해 빵을 사요
장미를 팔아 빵을 사요
피라미드 시대에도 빵은 있었고
그리스 신전에서도 장미를 팔아 빵을 샀어요

시거나 떫거나, 떫거나 시거나

빵은 빵일 뿐이었어요
입 속 혀를 깨우는 것은 풍미가 아니었어요

오늘도 장미를 팔아 빵을 사요
시거나 떫거나, 떫거나 시거나
눈물로 기른 장미가 시들기 전,

3월 9일

누군가 잔 하나를 두고 지나갔습니다

창창한 바다가 담겼다가 이내 끝 모를 절벽이 들어와 담겼습니다

드디어는 뒤섞여 혼돈의 잔이 되었습니다

이 잔을 두고 가신 이여

할 만하시거든 이 잔을 옮기소서

어둠 가운데 태어나고 불기운으로 자라났지만

이 잔은 내게 넘치나이다

속손톱 초승달 같은 작은 잔에

사랑하는 여인을 두어 꽃 노래를 즐겨 부르겠습니다

몇 푼의 지전이 담기면 즐거워 지저귀는 까마귀

막걸리 한 잔으로도 위로받는 소심함입니다

할 만하시거든 이 잔을 옮기소서

헐떡거리며 뛰어온 봄을 달래며

감잎만 한 밭뙈기를 갈고 일구어야 할 촌놈

일용할 양식을 위하여 기도해야 하는 가난한 아비

새소리와 봄나물로 버무린 자연에 기대어

살아가는 무지렁이입니다

할 만하시거든

할 만하시거든

이 잔을 옮기소서

가진 잔으로도 벅차 허리가 휜 들꽃입니다

어떤 사소한 일

늘 바람 앞에 서 있었습니다
실타래 같은 바람이 발을 감아 돌았습니다
그 바람을 풀고 살아 있습니다 살아서
바람을 견디고 있습니다
바람을 견디면 세상을 다 견디는 것이라 믿었습니다
가끔 바람이 멈추었을 때는 두렵기도 했습니다
그 고요가 폭풍의 날보다 견디기 힘들었습니다
지금, 바람 한 점 없이 일고 있는 것이 있습니다
개의 밥그릇에 남아 있는 몇 알 식욕이 아닙니다
헛된 정신을 푸르게 하던 풀의 은근도 아닙니다
나무를 견디게 하는 뿌리의 억척은 더욱 아닙니다
자꾸만 어디론가 향하게 하며 향하여 머물게 하며
돌아오는 길을 잃게 하는 힘, 다리를 풀리게 하는 힘
그 힘이 무엇인지 몰라 바람 앞에 서기도 합니다
사소하지 않은 일입니다
사소하지 않아 즐거운 견딤입니다
알면서도 모른 척하는 바람
언제부턴가 나를 기다리던 바람이었습니다

바람과 파도와 수평선

한 세계와 한 세계가 맞물려 있을 것만 같은 저 끝은
죽음마저 졸음처럼 가벼울 듯합니다
저 끝은 끝이어서 한 세계의 시작이어서 아득도 합니다

좁힐 수 없는 거리가 어디 있겠습니까만
손을 만지작거리게 하고 가슴 조이게 하는 거리를
달려가고 싶고 지우고 싶은 거리를 좁히진 않겠습니다
그 끝에 당신이 있기 때문입니다

바람과 파도와 수평선뿐인 바다를 사랑했습니다
이젠 바람과 파도와 수평선뿐인 바다가 미워졌습니다

저 끝에서 돌아오는 일은
끝나지 않을 나의 싸움이 되었습니다

바람과 파도와 수평선뿐인 바다를 물고
갈매기가 날아오릅니다
아득한 내가 딸려 나옵니다

제3부

동백꽃이 툭,

기억은 누수가 시작된 지 이미 오래
고여 있던 당신이란 물줄기는 수시로 솟구치고
나는 기억을 수리하느라
허둥대기 일쑤입니다

노래가 젖고 쓴웃음이 젖고
훔쳐보던 무당벌레 등이 다 젖었지만 젖지 않는 건
잘 마른 푸른 무청 같은 당신 웃음뿐

기억은 외피가 아니라 내피여서
늘 체온이 묻어 있는 것이어서
나는 떨칠 수가 없었나 봅니다

이 순간도
기억 하나를 또 쌓는 중인지도 모르지만
위로처럼 기억이란

우리가 눈 시리도록 바라보았던 동백처럼
어느 순간 시들지 않고도
툭, 떨어질지도 몰라서
그렇게 맵게 피워 올리는지도 모를 일입니다

구름과 바람과 저 새와 당신

흘러가는 것이 어찌 저 강물뿐이겠습니까
자고 일어나니 강의 하구를 향해 떠내려가고 있었습니다
강물에 주저앉은 새들도 떠내려가고 있었습니다
물에 잠긴 새의 발목은 꼭 살아남은 날들만 같습니다

밀려드는 물살이 새의 졸음을 흔들어 깨우고
물가로 떠내려온 나무는 형체를 잃었습니다
이 순간에도 놓지 않는 생각 하나 있어
아직도 나의 눈동자는 저 강물처럼 푸릅니다

떠내려가다 떠내려가다 헛웃음이 나기도 하였습니다
 샛강으로 흘러들지 않으려 버둥거렸던 것이 멋쩍기도 하
였습니다
 거기서 당신이 강으로 접어들고 있었고
 거기서 아침노을이 당신 등 뒤에서 붉어 오는 것이었습니다

 오늘 그 강에서 구름과 바람과 저 새와 당신을 생각하였
습니다
 절망의 단어이면서 절망을 일으키는 그 단어들을
 오래도록 곱씹었습니다

>

흘러가다 흘러가다 뒤돌아보면 거기에 오래도록
구름과 바람과 저 새와 당신이 나를 지켜보고 서 있을 것
만 같아
나는 눈물을 멈출 수 있을 것만 같았습니다

흘러가는 것이 어찌 저 강물뿐이겠습니까만
흘러가도 떠내려가도 슬프지 않음은
구름과 바람과 저 새와 당신도
거기서 떠내려올 것이기 때문입니다

그 골짜기의 겨울

겨울 아가리에 누가 저렇게 별들을 쑤셔 넣었는가
누가 하나하나 끄집어내어 또 사라지는가

늙은 수캐처럼 짖어 볼 요량으로 먼 하늘을 올려다보는데
별 하나 어느 외로운 골짜기로 내리고 있다

외로운 것들은
외롭단 말 못 하고 저렇게 어두운 것인데
어두워 빛나는 것들이 더 빛나는 것인데

내가 지키고 있는 이 골짜기엔
빛 하나 내리지 않는 어둠

내 골짜기에 깃들어 있는
상수리나무야 소나무야 잣나무야 깨어나지 않는 진달래야
너희들이 사라져 버렸으면 좋겠구나

그 자리에
은목서 금목서를 옮겨 심고
그 향기로 저 별 꼬드겨

\>

내 골짜기에도

어둠이 눈뜨게 하고 싶구나

슬픔의 소비자

배당받은 슬픔이 바닥나 당신의 슬픔을 임대했다
휘파람새의 울음을 듣는 일로 하루가 시작되었고 정수
리까지
물기가 채워지는 시간은 길지 않았다

다 써 버린 감정을 재생시키기에 충분한 농도는
나를 원료로 만들어진 것이라는 것을 알았을 때
기쁨이 되기도 한 슬픔

첨벙첨벙 차올라 넘쳐라
덤벙덤벙 산으로 들로 냇가로 번져라
비둘기도 물고 날고 꿩도 물고 날고
시내도 실어 날라라

사랑하는 일은 슬픔을 소비하기에 알맞으니
마당에 엎드린 쓸쓸한 개야 너도 사랑하고
할 일 없이 되새김질만 하는 소야 너도 사랑하여라

맨드라미같이 붉던 여자야
먼 산 바라 헛기침만 보내며 늙어 가는 사내야

우리 모두 한 덩이 슬픔을 가지자
그 빛, 분홍이면 어떻고 자주면 어떻고 깊어 검푸르면
어떤가

우리 한 덩이 슬픔을 가지자
우리 한 덩이 슬픔을 나누어 보자

선바위

나오너라 여자여, 부동의 세월을 찢고 나오너라
이브를 꼬드기던 뱀의 혓바닥으로 내 오늘 기어이 너를
꾀어내고 말겠다
살찐 짐승들이 밤이면 밤마다 네 앞에 촛불 밝혀 올려도
꿈적 않던 여자여

굳어 말라 버린 음부에 온기가 돌고
데워진 물기가 네 가랑이를 타고 축축이 흐르도록
교미하는 뱀처럼 너를 감아 쓰러뜨리겠다

나에게는 오늘밖에 없고
오늘밖에 너를 부를 수 없다

구름이 살얼음처럼 끼어 있는 하늘에
너의 어디를 노리는지 저 까마귀 새끼 빙빙 돌고 있구나

사랑이 죄라면 이 벌건 대낮에 죄를 지어 보자
사방 천지 우리 죄를 까발려 보자
누가 돌팔매질을 하는지 누가 시기의 눈빛 흘기는지
두 눈 부릅뜨고 바라보자

\>

그럴 수 없다면 그럴 수 없다면
한 방울 남김없이 내 순혈 너에게 흘려 넣고
까마귀 똥으로 얼룩진 천년 감옥으로 들겠다

우리의 사랑은 어디에 피어났습니까

살아서 견디자
이 개 같은 사랑도 한 접시의 기쁨도
돌아보면 여기저기서 울리는 포성
귀를 열고 로큰롤처럼 즐기자
몸을 비틀고 두 손 치켜들어 싸리나무처럼 떨려 보자

저 먼 나라에 전쟁이 일어났다고
이제 막 터져 오르는 꽃숭어리 통째로 떨어진다며
저 미치광이 전쟁광은 왜 누가 데려가지 않느냐고
그래서 우울하다고
아, 너의 우울은 전 지구적이구나

돌아가자 너는 너의 꽃밭으로 나는 나의 가시밭으로
거기서 잡초를 돌멩이를 골라내고 꽃을 가꾸자
가시를 다듬어 보자

너와 나 사이 전쟁은 잠시 휴전을 맺고
상한 몰골로 낮술을 들이켜 보자

살아서 견디자

끝이 오려니 그 끝을 살아서 맞자
이 개 같은 사랑도
한 접시의 기쁨도

신체의 감정

비 오는 날이면
감정을 허리에서 읽을 수 있다는 너의 신체는 한 권의 책
단락마다 여러 빛으로 읽힌다고 했지

다른 빛을 발명한다면 너의 신체 어느 부위가 적당할까
비에 자주 젖는 너의 눈동자는 어떨까
감정의 창고 말이야

빗속에 꿈적거리지 않고 서 있는 개를 보았지
빈 밥그릇이 빗물로 가득 차올랐지만 아랑곳하지 않았어
밥그릇에 고여 있던 꼬리의 감정을 생각하는지도 모르지

가끔 삶이 무료해질 때
빈 밥그릇을 핥는 개의 혓바닥을 느끼고 싶을 때가 있어
궁핍의 질감을 그대로 느낄 수 있을지 모르니까

몸속 가득 빗소리가 고여
소리의 결속이 이루어 가는 침묵의 결속이야
마음의 결속이 허물어지는 중이야

\>
두통을 앓는 너를 위해
적막의 질이 좋아지도록 볼륨을 맞추겠어
그런데, 지금 너의 두통은 무슨 빛이니

바람과 나뭇잎과 비둘기

산의 포구에 정박해 있던 나뭇잎 떼 지어 날아오릅니다
떠나는 것이 천명인 듯 뒤돌아보는 법 없이 고개 숙이
는 법 없이
침 뱉고 떠나는 사람처럼 너울너울 떠나갑니다
가서 영영 잊을 것처럼 떠나갑니다

포구에 바람 소리 기적으로 울리고
빈 가지는 손 흔드는 일을 잊은 듯도 합니다
주먹을 꽉 쥔 팔뚝의 핏줄이 잊지 않은 듯도 합니다

산비둘기 한 마리 머쓱해져 가지를 옮겨 날고
구구구 같이 불러도 봅니다

나뭇잎 하늘 높이 솟구쳐 햇살 속으로 사라지는
비상하는 슬픔, 비상하여 낙하하는 전율

다시 이별을 준비하는 산의 포구에 나뭇잎 쌓이고
떠나지 못하고 들썩이다 만 나뭇잎
부식된 가을만 짙어지고 있습니다

마당의 개와 그리고 달

마당의 개가 어둠을 물어뜯으며 짖어 대고 있어

저도 뭔가 생각의 끝을 쫓으려니 하다
창을 열고 버럭 소리 지르려는데 그믐달이 산을 넘고 있었어

저도 뼛속이 시렸던 거지
저 달이 돌아서도록 짖어 대고 싶었던 거지

개의 이마에 손이라도 얹어 주고 싶었지만, 창을 닫았어
개에게 속내를 들키고 싶지 않았어

무슨 세레나데도 아니고
개는 밤늦도록 목이 터져라, 짖어 댔어

어둠을 끌어당겨야겠어
그래도 안 되면 당신을 읊조려 봐야겠어

그렇다고 옆구리가 시리다는 것은 아니야
다만, 잠을 청하려는 것뿐

개가 잠든 아침 하늘엔 낮달이
희멀건 얼굴로 떠 있었어

어느 날 낯선 이름이 택배로 왔다

그 이름을 벽에 걸어 두고 몇 날을 바라보았다
세모 같기도 네모 같기도 한 이름
벽지의 압화같이 이름은 한동안 벽에 걸려 있었다

불이 꺼져도 환하게 밝은 그 이름을
팔베개하고 잠을 잤다
명치끝을 묵직하게 눌러 오는 슬픔이 소화되지 않는 밤
그 이름을 화분에 심어 두면 어떤 꽃이 피어날까

제라늄 꽃잎 같은 심장을 가진 이름
밤이면 더 커 보이는 이름을 한 번씩 쓰다듬고
잠자리에 드는 버릇이 생겼다
악몽의 밤이면 그 이름을 손에 꼭 쥐었다

시무룩해지는 날엔 다들 그렇게 변죽 울리며
살아가는 것이라 말하는 것 같기도 했다

그 이름이 둥글어져 있었다
그 이름을 앞에 두고 밥을 먹고 목에 두르고 산책을 하며
그 이름을 위하여 음악을 틀기도 했다

>

택배로 도착해 내 곁을 지키고 있는
부드러운 털을 가진 그 이름을 닳도록 쓰다듬었다
꼬리를 살랑살랑 흔드는 이름

나는 밤마다 방바닥에 걸려 벽에 누워 있는
그 이름을 불렀다
그 이름을 부를 때마다 허기가 졌다

마치 살아 있는 것처럼 웃었다

마취총을 맞으면 백발백중 더는 골목의 자유를
누비지 못한다며 소방 구조대원은 죽음과 삶을 재단하
듯 말했다

순간, 어딘가에 늘 도취되어 있던 나는
나의 시는 멈춰 있는 심장이었다

기사회생해서 돌아오면
삶에서 기사회생하여 죽음으로 되돌아갔다

좀 살아 봐서 아는데
사는 일이란 참 소태 씹는 맛이지,

가슴에 표적을 그리고
표적으로 살아왔었어,

목줄을 벗어던진 표적은 이미 바람이었다
야성의 눈빛이 빛 속에서 빛났다

나는 개의 눈빛이 빛나고 날카로운 발톱이 자라나도록

협조했다
　목덜미라도 물리면 야성의 눈빛이 돌아올 것만 같았다

　두 번째 마취총이 바람을 뚫고 지나갔다

　마당엔 목줄에 묶인 개 두 마리와 내가
　골목의 자유를 향하여 버둥거리고 있었다

헝클어진 머리카락을 쓸어 올리는 순간들

바람은 왜 부는가
무엇 하러 티끌을 날리며 머리카락은 헝클어 놓는가
잊어야 할 것들은 잊은 지 오래인데
버려야 할 것들은 버린 지 이미 오래인데
무엇을 날리려 바람은 또 부는가

달이 기우는 것만 봐도
기우는 것들만 보아도 서러워 나무는 우는 것인데
울음을 막 그친 나무의 모가지는
왜 저리 미친 듯 흔들어 대는가

길에는
머리카락 헝클어진 사람들
헝클어진 머리카락을
손가락으로 쓸어 올리는

바람을 견디면
세상을 다 견디는 것이라 믿는 사람들

바람은 왜 부는가

무슨 눈물 말리려 바람은 부는가
무슨 웃음 퍼뜨리려 바람은 또 부는가

무슨 씨앗 퍼뜨리려
바람 앞에 서 있는 꽃대인가

비와 당신과 나의 거리

비만 보내고 당신은 오지 않았습니다
저 비의 뒤에 숨어 내가 어찌 하나 엿보고만 있었지요

비를 앞세운 마음을 모른 척 비를 맞았습니다
당신 냄새가 묻어 있을까 개처럼 코를 벌름거려 보았지만
싱거운 냄새만 묻어 나왔습니다

개의 왕성한 식욕처럼 비는 공중을 삼켰습니다
수평으로 가라앉는 마음을 수직의 비를 붙들고 일어서
봅니다
경사면을 타고 빗물이 재빠르게 내려가고

우린 경사면에 위태롭게 떨어져 있는
부러진 잔가지

마당의 개가 비를 맞으며 엎드려 있습니다
문득, 감내할 슬픔을 품은 저 개가 부러웠습니다

슬픔이 젖어 올지 몰라 빗속에 서 봅니다
털이 다 젖었지만 슬픔은 한 방울도 맺히지 않은

한 방울 슬픔이 그리운 봄날이었습니다

제4부

우린 흉터가 닮았습니까

늦은 밤 문득 백운동 숲 두 그루 소나무가 생각났습니다
간격, 사이, 틈, 거리라는 명사들로 꽉 들어찬 풍경입니다
바람은 다리를 절며 지나갔고 시간은
눈 벌겋도록 지켜보느라 빨리 늙어 갔습니다
체념은 사람을 늙은 호박처럼 단호하게 합니다
비참, 절망, 한심, 미움, 미련, 이런 명사들을 씨앗처럼
감추기 위한 적절한 방법이지요
당신은 어땠나요?
두 그루 소나무에서 어떤 단어들이 떠올랐을까요
어쩌면 저 소나무는 이미
간격 사이 틈 거리라는 가지를 다 떨구고
동사 '본다'만으로 남았는지 모릅니다
바람을 바라보며 바람 속에 흩날리는 씨앗을
어느 방향으로 가지가 휘어지려 용쓰는지를
솔잎 끝으로, 솔잎 끝으로 쏟아 버리는 것은 무엇인지를
조용히 지켜-본다, 라는 동사 말입니다
지금쯤 하다, 라는 동사로 몸피를 불려 가는지도 모릅니다
노래-하다 사랑-하다 아파-하다……
겨울 가야산은 흉터가 닮은 나무들로 울울창창합니다

따뜻한 등

한 그루 나무를 알지요
해를 껴안으려 뻗은 가지가 위태위태하네요
그 옅은 온기에 파르르 몸을 떨어요

저 나무의 등이 어디인지 이제 보여요
옹이 자국이 있는 저 등도 한때는
싱그러운 가지가 드리워진 앞이었겠지요

옹이가 박힌 당신 등도 보이네요
당신 등에서 자라던 가지는 누가 잘랐을까요

누구에겐가 등을 내어 주는 일이 이렇게
상처를 보여 주는 일이었군요

한때라는 말을
정오를 지난 오후 네 시쯤이라고 불러도 괜찮을까요

이파리 무성하던 정오의 희망들은
길바닥을 뒹굴어요

>

이제는 비울 때인가요
깃털처럼 가벼워야 사람이 보일까요

가만히 당신 등을 껴안아요
여전히 우리는 햇살을 향한 가지인가요

자작나무 숲

흰 눈 내리는 날
그 산에 가면 꼭 들을 수 있을 것만 같습니다
저들을 닮은 것이 제 옆에 소복이
내려앉으면 말문이 터질 것만 같았습니다
당신의 손을 잡고 그 산에 올라
그 숨겨 둔 말을 들려주고 싶었습니다
저 나무의 잎이 나기 전
적막이 두터운 지금 들려주고 싶었습니다
산꼭대기까지 차오른 그 말은 곧 산을 넘을 듯합니다
당신의 등을 떠밀어서라도 기어이 그 산에 올라
귀 기울이게 하고 싶었습니다
봄이 오기 전
좀 더 쓸쓸한 날에 들려 주고 싶었습니다
저 나무를 흔들어서라도 그 말을 토하게 하고 싶었습니다
겨울잠에 취해 있는 당신을 깨우는 일이
언 땅을 깨우는 일 같더라도
기어이 그 산, 하얀 숲에 서게 하고 싶었습니다
껍질이 벗겨진 그 말이 사위어 들어도 그 말의
끝자락이라도 들려주고 싶었습니다

안개의 입술

안개 틈에 끼여 나무가 꼼짝달싹 못 하고 있다
간간이 이파리들이 몸을 비틀자
고여 있던 물방울이 한꺼번에 떨어지며
안개에 구멍을 내고 있을 뿐

땅속마저 안개가 점령한 듯 축축하고 어두운 날
이 숲에선 젖는 것이 안개가 내리는 축복인지도 모르겠다

스며 있던 햇살이 빠져나가고
그 빈자리로 밀려드는 안개의 소용돌이

안개의 심장 안개의 입술
햇살로 데워지던 숲은 벌목당한 지 오래다

점자처럼 박혀 있는 안개를 당신은 읽지 못하고
스러져 가는 햇살로 가느다란 목을 기대어 온다

그 미열을 어루만지며
안개의 미궁을 더듬는 중이다

안개의 슬하

닭들도 울지 않는 안개 낀 아침입니다
감추고 드러내는 저 부드러운 것이 무섭기도 합니다

아무 일 없었다는 듯 안개 낀 마당을 나서는 사람들은
모두 안개의 망령들 같았습니다

마지막 페이지를 향하여
책장을 넘기는 사람들이었습니다

사람들이 안개로 돌아가도
안개는 늘 빈 페이지

당신을 그 단편에 그려 놓겠습니다
안개의 주인공이 되게 하겠습니다

안개 속으로 당신을 읽으러 들어가겠습니다
읽히지 않는 당신이지만 책장을 넘겨 보겠습니다
밑줄이라도 그어 놓고 오겠습니다

흘려 쓴 부드러운 문장들이

나를 감싸 돌 때까지
여백의 한 부분도 남기지 않겠습니다

안개의 여운으로
아침이 깨어나지 못하게 하겠습니다

그대의 말을 잘못 심은 것입니까

그대의 말을 심으면 꽃 피어 인사를 할까요
거름을 주고 물을 뿌리면 말의 그늘에 쉴 수 있을까요

며칠째 목소리를 듣지 못했습니다, 환청마저 들리지 않아
말의 씨를 챙겨 두지 못해 후회로 남습니다

그대와 걸었던 길을 더듬어 보겠습니다
가려운 곳을 긁어 주며 어두운 길을 가르쳐 주던 말이

떨어져 싹트고 있는지
뿌리 내리지 못해 시들어 가는지

그림자만 봐도 느낄 수 있습니다
둥글둥글하고 가시 없는 말의 줄기, 투명하고

엷은 말의 잎사귀, 눈으로도 알 수 있는
말이 뿌리를 뻗도록 땅을 일구겠습니다

귀에는 풀벌레 소리로 가득 찼습니다

귓속에 집을 지은 저 풀벌레와 무슨 인연이었을까요

혹, 그대의 말을 잘못 심은 것이었습니까

그리운 방향

벗꽃이 강을 향하여 환하게 드리워졌습니다
꽃들은 몸살도 저렇게 환합니다

그저 피어나는 것이 어디 있겠습니까
죽을힘 다해 터트리는 꽃망울이 없다면 봄날인들 있겠
습니까
사방 천지 꽃 터지는 소리 내 귀가 열립니다
꼭 당신이 나를 위해 애태우는 소리 같습니다
애태우다 터트리는 울음 같습니다

비가 내리고 그 비에 꽃이 피어나고
피어난 꽃들이 한동안 꽃밭을 채워 놓겠지요
그 꽃으로 넉넉히 생의 한 굽이가 향기롭겠지요
기꺼움으로 그 굽이를 돌아 나가겠지요

그날, 구름은 억수 같은 비로 쏟아졌습니다
꽃들이 젖고 강이 젖고 당신과 내가 다 젖었지만
그 비로 인하여 봄이 빨리 왔습니다

강과 숲과 골짜기를 달려온 바람

아침부터 창가에 달려든 바람이 격정에 울고 있습니다
이 난처한 울음은 어디에서 비롯된 것입니까

강과 숲과 골짜기 너머에 있는 당신이라 생각하니
너무 먼 거리를 달려온 것 같아 가슴 미어집니다

달래어 돌려보내고 나면 어느새 달려와 있습니다
맞아들일 수 없는 마음이 조용히 벽에 기대 봅니다
종일토록 창을 두드릴 것만 같아 돌아설 수가 없습니다

끝내는 돌아서겠지만 그래도 거기 계시다 생각하니
마음은 기쁘기도 합니다, 창을 열어 와락
머리카락을 흩트려 놓아도 좋다는 생각 굴뚝같습니다

가슴속 헝클어진 붉은 마디 하나하나 맞추느라
나는 또 종일 창가에 매달려 나부껴야 합니다

바닥이라 불리는 수면

바닥을 마주하는 수면이 있다
오래전부터 모난 것을 쓸고 가느라 생채기투성이였지만
닿는 곳마다 굴곡이 부드러워졌다

수면은 유연이라는 말을 만들어 퍼뜨렸다
물고기의 몸놀림도 그곳에서 유래했다는 소문이 나돌았다

굴곡을 가진 바다은 수평의 수면을 수용하지 못할 것이다
내 안의 물이 범람하여 너의 수면으로 흘러들 때
나의 굴곡을 수용할 수 없듯이

바닥이 되어야 바닥을 안고 갈 수 있다

서로의 물살로
깊은 수심을 이루는 것이다

불안을 태우다

불꽃을 숨긴
불안이 뜨겁다

장작더미가 마르지 않는 나를 쳐다본다
타오르기 위해 물기를 버린 저 단단한 눈빛은
이미 불꽃

우아한 수형의 기억은 톱날에 마른 수액으로 남겨 두고
불의 날개를 기다린다
떠나는 순간의 열기는 기억을 태우겠지

마침내 재로 남을 불안들
텃밭에서 뿌리로 향할 순결한 불안들

타오르지 못하고 나무토막으로 뒹굴게 만든
나를 떠나간 불꽃

사물의 표정

나는 하나의 책상 또는 하나의 의자
저것으로 분류되는 얼굴 없는 사물

당신이 나를 찾아 앉고 엎드려 졸 때 일곱 개의 구멍을 가진
얼굴이 생겼다

책상의 말과 의자의 생각으로 조합을 이룬
사물의 표정이 나타나고 있는 나를 바꿀 수 없었으므로
당신을 끌어들인 것이다

사포로 닦아 내고 대패로 문지르고 다듬어
밝은 표정을 새겨 넣었고

내 위에 놓여 있던 한 무더기 사과를 쏟아 버렸다

굴러떨어지는 것에 딱딱한 표정을 짓지 않는 일이
기우뚱하게 앉거나 서서 창밖을 내다보는 일이 즐거워졌다

각진 것을 위장하기 위해
웃음을 발명하지 않아도 되었다

\>

드디어 나는 완전한

당신의 사물로 조립되었다

자화상

거울을 들여다보면
공중에 빈 그네 하나 떠 있어
바삭한 두 줄이 관성으로 흔들거린다
줄의 균형을 유지하는 것은 무엇일까
밀어 올렸던 힘은 또 무엇이었을까
작은 거미 한 마리 줄을 타고 내려오다 주변을 살핀다
공중 어느 빈 밭을 일구어 사는지 수척한 눈빛이다
저 외줄은 거미를 버티게 하는 허상
내렸던 줄을 되감아 오르는
줄 아니면 아무것도 아닌 낙하물
몸을 움직여 닿았던 곳은 세상의 변두리였고
돌아와 닿은 곳도 변두리의 어둠이었다
달빛이 어둠을 더듬어 올 때마다 캄캄한 눈을 감았다
어둠을 태우고 가볍게 흔들리는 그네
공중을 힘겹게 붙들고 있다
관성만 살아남아 익숙한 공중에서
어느 방향으로 흔들릴 것인지
고요한 벽으로 어둠을 맞는
거울에 얼굴 비추는 저이는 누구인가

지심도

동백꽃 떠 있는 붉은 섬을 상상했습니다
모가지 뚝뚝 꺾여 내 발에 핏빛 흥건할 줄 알았지요
새들도 동백꽃 물어 나르느라 주둥이가 붉은 줄로만 알
았지요
그런데 난데없는 매화꽃 향기에
우리가 떠내려가는 줄은 모르고 있었습니다
동백나무 무성한 숲 사이
어두운 구멍으로 시퍼런 바다만 매달려 있었습니다
거기서도 당신은 피우지 못할 기약만 두고 있었습니다

슬픔의 발원

청둥오리 몇 붙들고 놓아주지 않던
저수지

발원을 알 수 없는 슬픔을
청둥오리는 오래 쓰다듬어 주고 있었다

슬픔의 수위가 낮아진 저수지에
햇살은 종일 눈부신 알갱이를 던져 주고
자신을 비춰 보던 나무의 꼿꼿하던 간격은
천천히 허물어져 갔다

생의 가장자리에서 밀려와
중심에 깊숙이 박혀 있는 멍, 내 중심으로
너를 끌어들이는 일은 주름을 새겨 넣는 일이었다
주름이 쌓일수록 깊어지는 것이라 믿었다

너의 등을 오래도록 쓰다듬었다
물의 주름이 새겨져 있는 자국에서 어둠이 번져 나왔다
이제 너는 내 슬픔의 발원지가 되었다

>

물빛 그득한 단단한 저수지

피 한 방울 흘리지 않고도 나를 가두어 버리는 너

비 오는 날이면

저수지의 수문을 조금 열어 놓겠다

맑음

까투리가 새끼들을 몰고 사과밭을 뛰어놀고 있었어
저 한가함을 사과나무 위로 후드득 날려 버리고 싶었지만
괜히 아름다워지는 마음이야

까투리 새끼의 아비가 된 것 같이
부드러워지는 눈빛이야

한 잎 풀잎으로 누워
오종종한 저 발을 쓰다듬어 주고 싶었어
아장거리는 몸을 어르고 싶었어

나를 오래 붙들어 놓은

두려움을 익히지 않은 눈빛
쫓기지 않는 걸음이야

날개는 잊어도 좋겠어

해 설

새로운 감정의 생산자와 안개의 언어

권성훈(문학평론가, 경기대 교수)

　모든 생명은 왔던 곳으로 귀환하며 되돌아가서 환원하
는 가운데 있다. 그곳은 생명이 연원하는 곳으로 삶이 출토
된 공간이며 죽음의 시간이 발아한 장소다. 생몰이라는 것
은 이 지점에 근거하는 것으로 생명의 출현과 삶을 상실한
시간이다. 시인은 "땅으로 꼬리를 내리고/ 돌아가는"(『리셋』)
과정에서 포착된 세계의 의미를 언어로 세공하여 더 가치
있게 생성하는 자다. 그러한 시편은 저 너머, 더 깊이, 저
멀리 세계를 사유하면서 현실이 재배치되기를 기원한다.
가령 "새의 본성으로 날개를 펼쳤다 물의 본성으로 돌아가
는 새"(『생강꽃』)처럼 인간의 정신으로 자연의 본성을 기록하
며 새기는 시원의 세계다.
　그것도 자연과 인간이 심어 놓은 "돌 반 감자 반/ 감자 반

97

돌 반"(「감자밭에 뻐꾸기」) 사이 인간의 언어로서 자연의 언어를
추출하는 것과 같다. 세계 안의 존재, 존재 안의 세계라「덤
불」속에서 "작은 씨앗에 지문처럼 새겨져 있었을/ 내력"을
의미화하는 일이다. 이 같은 사유들은 자연에서 오는 것으
로 상상력의 물기를 머금은 반짝이는 사유의 운동성으로 산
출된다. 그러므로 새로운 생명의 의미를 부가하며 "어설픈
감정의 소비자"(「플란타고」)에서 '새로운 감정의 생산자'로 변
모한다. 이때 시인은 비로소 새로운 감정의 생산자로서 어
설픈 감정의 소비자와 분별되면서 기존에 "고여 있는 감정
을 흔들어 놓기 위해" 창조적 힘이 발휘되는 것이다.

　정동수의 이번 시집『마치 살아 있는 것처럼 웃었다』는
바로 자신이 새로운 언어로서 세계를 발명해 놓은 감정의
언어로 집약되어 있다. 거기에 "가슴에 표적을 그리고/ 표
적으로 살아왔"던 시인의 삶을 형성화면서 "야성의 눈빛이
빛 속에서 빛"을 발아시킨 정—산물이다. 이러한 그의 시
작술은 자연이라는 야생에서, 현실이라는 밀림에서 언어
적 수렵을 한다는 특징을 가진다. 시간이 개입하는 그때 시
간은 연속적인 통행의 흐름의 아니라 불연속성으로부터 생
겨난다.

　시간의 불연속성은 정지된 상태로서 그의 시에서 단절을
의미하는 것이 아니다. 오히려 거기서 사유의 현출이 되는
것으로 정지된 상황으로 현존하는 시간을 집중적으로 재현
한다. 옥타비오 파스가 말하는 "우리 존재는 시간이며, 우
리가 지나치는 것은 세월이 아니라 우리 자신이다. 시간은

우리들 자신이기 때문에 하나의 방향, 하나의 의미를 지니고 있다." 곧 정동수의 시는 존재하는 자신이며 정지된 시간 속에서 포획된다. 게다가 자신을 시어로 증명하며 시간을 소비되는 것으로 살아 있음을 나타내는 증표다. 그러므로 "잘 익은 시간이 풍미 가득한 죽음으로 구워지도록"(「3월 8일」) 하는 시작을 통해 시인의 삶이 연장되고 있음이다. 이 가운데 측정할 수 없는 세계의 추상은 구상적 언어로 해석되며 구체적인 방식을 통해 발산된다. 역설적인 방식으로 세계를 긍정하며 부정한 것도 역설의 공간에 편입되는 순간 "바람을 견디면/ 세상을 다 견디는 것이라 믿는 사람들"이 "무슨 씨앗 퍼뜨리려/ 바람 앞에 서 있는 꽃대"로 변화한다.

　　꽃 소식이 날아오면
　　벌들은 수십 리를 날아 마중을 나가지요

　　꽃들은 물결처럼 흐르기도 하고
　　불꽃처럼 타오르기도 하지요

　　꽃의 생김생김은 다 달라도
　　하나하나 뜯어보면 내 이쁜 누이를 닮았지요

　　그러니 벌이 환장할 수밖에요
　　꽃 위에서 잠들 수밖에요

사과밭엔 지금

무슨 발전기 돌아가는 소리가 들려요

안간힘을 다 쏟아 내는 거지요

도무지, 계산할 줄 몰라요

집으로 돌아가는 길은 어두워 오는데요

　　　　　　　─「꽃 속에 벌 한 마리 고요하다」 전문

"꽃 속에 벌 한 마리"는 꽃 속에 머무는 시간으로서 벌의 연속성 속에서 부분적 운동성이다. 잠시 멈춰 있는 벌의 움직임은 고요한 바깥의 풍경과 교차되면서 "꽃들은 물결처럼 흐르기도 하고/ 불꽃처럼 타오르기도 하지요" 또는 "꽃의 생김생김은 다 달라도/ 하나하나 뜯어보면 내 이쁜 누이를 닮았지요"라고 각인시킨다. 이것은 정지된 상태에서 벌을 중심으로 주변을 살피는 시간이며 "무슨 발전기 돌아가는 소리가 들려요/ 안간힘을 다 쏟아 내는 거지요"라는 "도무지, 계산할 줄" 모르는 자연의 법칙을 드러낸다.

그의 자연의 법칙은 "들어가면 나오고/ 나오면 들어가고"(「곤줄박이」) 계산하지 않는 순환과 재생으로서 통하면서 그의 운명과도 같은 세계관과 맞닿아 있다.

검게 그을린 웃음이었다

1월 8일 자 신문에 실린 소방복 입은 마지막 웃는 모습

웃음은 곧 불길 속으로 들어갈 사람들이 남겨 두는
상형문자 같았다

나는 앞으로 불을
불꽃이라 부르기로 한다

운명은
끼니로 때우는 팥빵 위에도 앉아 있고 벌컥벌컥 들이켜던
바나나 맛 단지 우유 속에도 찾아와 있다

길을 가다 갑자기 소나기를 만나는 순간
체념이 가져다주는 감정적 평온
빗물이 속살로 흘러내릴 때
그 희열

발톱이나 머리카락은 몸에서 떨어져 나간 순간
아무것도 아닌 것이 된다, 그러니
죽음이여 몸에 꼭 붙어 있어 두려움이 되길

불이 운명이라면
꽃으로 기다리겠으니

—「그을린 휴식」 전문

누구든지 앞선 시간을 먼저 살아 본 사람은 없다. 다만

우리는 경험치에 의해서 살며 생각하고 있으며 순차적으로 오는 시간 속 자신의 운명을 맡긴다. "검게 그을린 웃음"은 누군가의 운명을 형상화하는 것으로 다가올 미래이며 '상형 문자'처럼 남겨질 미래다. 불 속에서 죽음을 맞이한 '소방대원'의 운명을 살아 있을 때 웃는 사진으로 상상한다. 이른바 화자가 감지하는 그의 "운명은/ 끼니로 때우는 팥빵 위에도 앉아 있고 벌컥벌컥 들이켜던/ 바나나 맛 단지 우유 속에도 찾아와 있다"는 것을 예감하게 된다. 이는 "길을 가다 갑자기 소나기를 만나는 순간"을 알고 있지만 언제 어떻게 닥칠 줄 모르는 데서 비롯된다. 특히 안전 불감증과 같이 나만은 괜찮겠지라는 의식에 대하여 "죽음이여 몸에 꼭 붙어 있어 두려움이 되길"이라고 경고한다.

삶의 끝에서 과거와 현재를 바라보는 시인은 이 시대를 「난청 지대」와 같이 "신의 음성이 끊어진 골짜기/ 선명한 어둠이 계시처럼 내리고" 불안을 증폭시키면서 생명에의 문제를 성찰하면서 "적의敵意와 적의敵意가 부딪치고 있는" 세계를 보여 준다. 그것은 불을 인간에게 준 프로메테우스의 신화와 욕망이라는 정동으로 연결되면서 새로운 의미를 창출한다. "불을 얻은 사람들은 신을 잊은 지 오래"되었고, 이로 인해 모든 인간이 신이 되었다는 것이다. 요컨대 "새로운 계시를 연구하는 신들과/ 파업 중인 신들과/ 신들의 신이 되려는 신들과/ 골방에서 우울증을 앓는 신들과/ 폭풍 성장하려 발버둥 치는 신들" 속에서 살고 있다. 여기서 신은 욕망하는 인간을 표상하는 것으로 진정으로 자신의 운명을 알지 못하기에 "옛 계시들만 무성"한 세계에서 "새로운 계시"를 기다리는 연약한 생명체일 뿐이다는 사실을 지각하게 한다.

날개를 접고
평안히 꿈꿀 수 있는 꽃을 찾는다

나비의 무게를 재지 않으며
나비의 발톱에 살점을 내어 주면서도 통점을 꽃술에 숨긴
향기로 진동하는 꽃

백 년을 기다리면
그 꽃 피어날까

백년식당에 앉아 꽃에 내려앉는 상상을 해 볼 때

해묵은 미소를 띤 그녀
꽃보다는 밥이라는 듯 차린 밥상

꽃이 한 상이었다

—「백년식당」 전문

한자리에서 누대를 이어 온 '백년식당'은 그만큼 시간이 머물렀던 흔적이면서 연속성 속에서 불연속성을 드러내는

공간이다. 시간의 연속성에서 정지된 장소라는 점에서 이 식당은 "나비의 발톱에 살점을 내어 주면서도 통점을 꽃술에 숨긴" 백 년의 시간 속에서 "향기로 진동하는 꽃"으로서 우아미를 보여 준다. 거기에 화자에게 내어 주는 "꽃이 한 상" 차려져 있는 밥상은 세기를 건너오는 생명의 발자취다.

그가 살아온 발자취는 그의 시편에서 "기억은 외피가 아니라 내피여서/ 늘 체온이 묻어 있는 것이어서/ 나는 버릴 수가 없었나 봅니다"(「동백꽃이 툭,」) 기억의 내피로 나타나며, "이 순간도 당신에 대해 기억 하나를 또 쌓는 중인지도 모르지만/ 위로처럼 기억"을 주문하기도 한다. 또 다른 "우아한 수형의 기억은 톱날에 마른 수액으로 남겨 두고"(「불안을 태우다」) "떠나는 순간의 열기는 기억을 태우겠지"로 자신을 기록한다.

> 늘 바람 앞에 서 있었습니다
> 실타래 같은 바람이 발을 감아 돌았습니다
> 그 바람을 풀고 살아 있습니다 살아서
> 바람을 견디고 있습니다
> 바람을 견디면 세상을 다 견디는 것이라 믿었습니다
> 가끔 바람이 멈추었을 때는 두렵기도 했습니다
> 그 고요가 폭풍의 날보다 견디기 힘들었습니다
> 지금, 바람 한 점 없이 일고 있는 것이 있습니다
> 개의 밥그릇에 남아 있는 몇 알 식욕이 아닙니다
> 헛된 정신을 푸르게 하던 풀의 은근도 아닙니다

나무를 견디게 하는 뿌리의 억척은 더욱 아닙니다
자꾸만 어디론가 향하게 하며 향하여 머물게 하며
돌아오는 길을 잃게 하는 힘, 다리를 풀리게 하는 힘
그 힘이 무엇인지 몰라 바람 앞에 서기도 합니다
사소하지 않은 일입니다
사소하지 않아 즐거운 견딤입니다
알면서도 모른 척하는 바람
언제부턴가 나를 기다리던 바람이었습니다

　　　　　　　　　　　　　　―「어떤 사소한 일」 전문

　사소하다는 것은 할 일이 없는 것이 아니라 일상 속에서
큰 변화가 일어나지 않았다는 것을 의미한다. 그러나 형용
할 수 없을 만큼의 사건을 경험한 이들에게는 살아 있다는
자체가 사소한 일이며 세상을 견디는 힘이 된다. 오히려 아
무런 일이 일어나지 않는 것이 두려울 때가 있는 것이다.
"바람을 견디면 세상을 다 견디는 것이라 믿"는 사람에게는
"가끔 바람이 멈추었을 때" 위험 신호로 인식하는 경우가 그
렇다. 때문에 "고요가 폭풍의 날보다 견디기 힘들"다는 것
은 "돌아오는 길을 잃게 하는 힘, 다리를 풀리게 하는 힘"
으로서 역설적인 것이 된다. 이른바 인생에 닥치는 바람을
"알면서도 모른 척하는 바람"이 그것이다.
　그것은 고독이라는 것을 아는 시인의 심상이며 "외로운
것들은/ 외롭단 말 못 하고 저렇게 어두운 것인데/ 어두워
빛나는 것들이 더 빛나는 것인데"(「그 골짜기의 겨울」) 빛과 어

둠은 상호 접촉 속에서 그대로의 고유성을 찾아가는 것에 있다. 그러므로 "내가 지키고 있는 이 골짜기엔/ 빛 하나 내리지 않는 어둠"으로 통하며 시어의 숲을 이루는 "내 골짜기에도/ 어둠이 눈뜨게 하고 싶구나"라고 전언한다. 이 어둠의 순간을 침묵하고 받아 적는 "그 이름을 벽에 걸어 두고 몇 날을 바라"(「어느 날 낯선 이름이 택배로 왔다」)보는 시인은 "불이 꺼져도 환하게 밝은 그 이름을" 찾아 나섰다. 그럴 때 "그 이름이 둥글어져 있었다/ 그 이름을 앞에 두고 밥을 먹고 목에 두르고 산책을 하며/ 그 이름을 위하여 음악을 틀기도 했다"라고 시라는 이름이 오는 어둠의 거리를 묘파한다.

안개 틈에 끼여 나무가 꼼짝달싹 못 하고 있다
간간이 이파리들이 몸을 비틀자
고여 있던 물방울이 한꺼번에 떨어지며
안개에 구멍을 내고 있을 뿐

땅속마저 안개가 점령한 듯 축축하고 어두운 날
이 숲에선 젖는 것이 안개가 내리는 축복인지도 모르겠다

스며 있던 햇살이 빠져나가고
그 빈자리로 밀려드는 안개의 소용돌이

안개의 심장 안개의 입술
햇살로 데워지던 숲은 벌목당한 지 오래다

점자처럼 박혀 있는 안개를 당신은 읽지 못하고
스러져 가는 햇살로 가느다란 목을 기대어 온다

그 미열을 어루만지며
안개의 미궁을 더듬는 중이다

　　　　　　　　　　　　　—「안개의 입술」 전문

　어둠 속에 밝게 빛나는 시의 행방을 그는 안개 속에서
발견하기도 한다. "안개 틈에 끼여" 아무것도 보이지 않는
"땅속마저 안개가 점령한 듯 축축하고 어두운 날" 시인은
"안개에 구멍을 내고" 급기야는 "그 빈자리로 밀려드는 안
개의 소용돌이"로 파고든다. 여기서 만나는 "안개의 심장
안개의 입술"은 구체화된 추상의 얼굴이면서 안개의 민낯
을 보는 것과 같다. 따라서 시인의 시는 "안개의 미궁을 더
듬는 중"에 생겨나며 그것은 "점자처럼 박혀 있는 안개"의
언어를 듣게 된다.
　그에게 '안개의 언어'는 "가려운 곳을 긁어 주며 어두운 길
을 가르쳐 주던 말"(「그대의 말을 잘못 심은 것입니까」)로서 "그림
자만 봐도 느낄 수 있습니다/ 둥글둥글하고 가시 없는 말의
줄기, 투명하고// 엷은 말의 잎사귀, 눈으로도 알 수 있는/
말이 뿌리를 뻗도록 땅을 일구겠습니다"라는 다짐이다. 그
것은 모든 생명이 피어났다가 사라지는 가운데 정동수의 새
로운 감정으로 현출한 시어로서 존재한다.
　이처럼 그의 시 의식을 지탱하는 중심축인「그리운 방향」

은 "그저 피어나는 것이 어디 있겠습니까/ 죽을힘 다해 터트리는 꽃망울이 없다면 봄날인들 있겠습니까"라는 강인한 생명력에서 태동된다. '시어의 꽃밭'을 "생의 한 굽이"에서 '안개의 언어'를 피워 낸다. 이로써 정동수 시인의 이번 시편들은 "꼭 당신이 나를 위해 애태우는 소리"로서 "애태우다 터트리는 울음" 한 권으로 『마치 살아 있는 것처럼 웃었다』로 채워져 있다.